ARIEL-VERLAG

Roland Adelmann

Blues im Morgenmantel

ARIEL-VERLAG

Der Autor:

Geb. 1965 in Krefeld, lebt in Bochum; div. Tätigkeiten als Punk, Streuner, Arbeitslosenantragsteller, Städtebummler (Lieblingsstädte Brüssel & San Sebastian); erste Veröffentlichung im letzten "Gasolin 23" (1986); Auftritte mit der KünstlerInnengruppe FLOWN (in den Jahren 1987/88); Mitherausgeber der Zeitschrift "Produkt" (1989 eingestellt) & der Anthologien "Downtown Deutschland" (1992) und "Asphalt Beat" (1993); gibt die Zeitschrift "Buletten-Tango" heraus, die ab 1994 unter dem Titel "Der Kulturterrorist tanzt den Buletten-Tango" weitergeführt wird; Betreiber des Vertriebes "Rodneys-Underground-Press" und Veranstalter diverser Lesungen im Ruhrpott sowie Auftritte bei zahlreichen Lesungen u.a. in Berlin, Frankfurt, Göttingen, Hannover, Hanau, Leverkusen, Mainz und natürlich im Pott. Viele der in diesem Band enthaltenen Gedichte sind in folgendenen Underground-Zeitschriften zwischen 1987 und 1993 veröffentlicht worden: "Brain Surfer", "Buletten-Tango", "Cocksucker", "Dreiecc", "Hokahe", "Ikarus", "Kopfzerschmettern", "Produkt", "Der Störer", "3D-silbig".

Der Autor grüßt & dankt alle(n) die ihn kennen, lieben, hassen und die unmittelbar oder mittelbar mit der Fertigstellung dieses Buches zu tun hatten.

Reprint der Erstauflage von 1994

Printed in Germany
ISBN 978-3-930148-02-8

www.ariel-verlag.de

VORWORT

Roland Adelmann fiel mir vor einigen Jahren in GASOLIN 23 auf - jener sagenhaften von W. Hartmann gestalteten und von J. Ploog herausgegebenen Post-Beat-Zeitschrift. Da schrieb einer mit Talent. Was er jetzt zum Ausdruck bringt, erinnert mich an meine Anfänge, auch wenn ich nie ernsthaft versucht habe, Gedichte zu schreiben.

Es ging mir wie ihm: bloß keine regelmäßige Arbeit annehmen; und warum nicht? Weil wir nicht früh aufstehen können? Nein. Weil wir zu faul sind? Bestimmt nicht. Der wirkliche Grund ist, daß wir etwas Besseres in uns fühlen, daß wir zu HÖHEREM berufen sind!!

Aber wer an diesen Höherem Anteil haben will, der wird in der Regel erstmal mit einem Gratisaufenthalt in der Hölle belohnt. Und von dem singen sie immer wieder, unsere Poeten, von Rimbaud über Benn bis zu Bukowski.

Auch Roland Adelmann nimmt uns mit auf die Erkundungstour durch seine ganz persönliche Hölle. Augenscheinlich gehört er zu denjenigen, die schon in frühester Jugend vom literarischen Höllen-Virus infiziert worden sind; und das bedeutet: übermäßiger Freiheitsdrang verbunden mit Träumen vom Unmöglichen und, wie schon erwähnt, geringer Neigung, einer geregelten Arbeit nachzugehen (zumal sowieso keine gute in Reichweite ist), und den damit verbundenen Entzug an Freiheit auszuhalten; dann doch lieber die "Schreiberei" und eine Existenz am Rande.

Die meisten unserer besten Dichter haben ihre Hölle in Wirklichkeit nie wieder verlassen. Allerdings machen sie es sich meistens mithilfe von Giften und Bier, von Sex und Geld (im Erfolgsfalle) ein wenig gemütlich darin. Wie der Titel schon sagt: BLUES IM MORGENMANTEL. Adelmann tanzt im

Ruhrpott seinen Buletten-Tango in Form einer hektografierten Zeitschrift, er gab schon die eine oder andere UNDERGROUND & BEAT-Anthologie heraus und versucht sich sogar engagiert beim Aufbau einer Vernetzung von off-off-Aktivitäten.

Beim Schreiben fällt sein Blick zuerst auf diejenigen, die von der sauberen, bösartigen Welt gesicherter Vorteile ausgespien werden (wir sehen immer das, was uns betrifft): punks und Parkbanksitzer, alle Arten von Ab- und Durchgedrehten, deren einzige Kontakt mit der Arbeit eben das Arbeitsamt ist.

Natürlich hat diese Szenerie auch ihre Helden und Hoffnungsträger, heißen sie nun Donald Duck, Vincent van Gogh oder Dizzy Gillespie. Es sind diejenigen, die sich trotz aller Widerwärtigkeiten durchgebissen haben und dafür (zumindest nach ihrem Tod) heilig gesprochen werden.

Bei Adelmann gibt's messerscharfe Gegenwartsbilder ohne Anspruch auf große Kunst - was keine geringe Leistung ist. Alles in persönlicher Naheinstellung: strapazierte Körper, nervende Nachbarn, Schwierigkeiten mit den Frauen oder mit sich selbst. Kein geordnetes Leben, nicht den geraden Weg gehen, aber auch nichts verheimlichen und nichts auslassen.

Den Ton dieser Gedichte kennen wir manchmal schon, aber entgegen anderslautenden Behauptungen fühlen wir uns am wohlsten im Bekannten. Wenn einer seine Erfahrungen und Befindlichkeiten überhaupt noch in nachvollziehbarer und allgemeinverständlicher Form, ohne allzu banal zu werden, zu Papier bringen kann, so muß er schon etwas an Ruhe und eine gehörige Portion an Selbstbewußtsein sein eigen nennen. Sicher gibt es preziösere, vertracktere Autoren als Roland Adelmann, mit einem größeren Vorrat an kulturellen Werten, aber da, wo er sich aufhält, sind diese Werte (außer in TV-Format) nicht im Angebot.

Daniel Dubbe, März 1994

Für Ewa

DER KAFFEE IST FERTIG

Wie ein verschlafener Hund
Wacht die Welt auf
Und dreht sich nochmal
Auf die linke Seite um

Neben meinem Bett liegen
Die Gedärme der letzten Nacht
Und essen Frühstückseier
Die sie zu hart gekocht haben

In der Ecke steht lustlos
Zigarettenasche und schlägt
Die Wand zum Krüppel
Die krampfhaft eine Krücke sucht

Die Buchstaben der Schlagzeile
Tanzen Pogo bis sie einen
Blutüberströmt in den Duden tragen
Und die Zeitung Anzeige erstattet

Die Katze auf dem Sofa
Befriedigt sich selbst
Weil sie irgendetwas von
Geschlechtskrankheiten gehört hat

Die Blumen auf der Fensterbank
Lallen sich die Blüten voll
Weil sie wieder einmal zu tief
Ins Schwefeldioxid geguckt haben

Und meine Socken können langsam
Nicht mehr meinen Mief ertragen
Und gehen in den Untergrund
Um ein Attentat zu planen

WAS EINEM ALLES SO PASSIEREN KANN

Deutschlandfunk im Herzen
& Großstadtmief in der Hose
Die Frau von der Trinkhalle
kennt immer noch nicht meinen Namen
Das Mädchen von nebenan
will nichts von mir wissen
Der Kanzler liegt mir zu Füßen
& wahrscheinlich gibt es keinen
der mir das glaubt
Ich male einen Totenkopf an die Wand
& glaube daß ich etwas für meine Emanzipation
getan habe
Der Alte von gegenüber weiß
daß ich ein übler Trinker bin
& hetzt alle gegen mich auf
Die Frau von der Trinkhalle
kennt mittlerweile meinen Namen
aber verkauft mir nur noch
widerwillig Bier
Das Mädchen von nebenan
grüßt mich nicht einmal mehr
& weil der Kanzler
auch nicht mehr an mich glaubt
spuckt er mir ins Gesicht

DU SOLLST ES MAL BESSER HABEN

Es fing der Ernst des Lebens an
So nannten SIE es auf jeden Fall
& jeder mußte sich ein paar heiße Gedanken darüber machen
was er werden wollte
Ich war damals 15 oder so
& an Arbeit dachte ich noch lange nicht
Für mich stand nur eines fest
wenn dann wollte ich etwas mit der Schreiberei anstellen
Aber an die Schriftstellerei dachte ich auch noch nicht
Also entschied ich mich erstmal weiter auf die Schule zu gehen
Abitur machen & dann mal weitersehen
vielleicht Journalistik studieren oder so
Es ist völlig anders gekommen
was wahrscheinlich bei den meisten so gelaufen ist
Aber an Arbeit denke ich immer noch nicht
um nicht zu sagen dieser Gedanke kotzt mich an
Mit dem Abitur ist es nix geworden
also auch nix mit dem Studium
Naja nur mit dem Schreiben
hab ich etwas zu tun bekommen
Im nachhinein fällt mir auf
daß SIE immer nur versucht haben
uns auf bestimmte Berufe zu trimmen
Fast alle Fächer waren darauf abgestimmt
Mathe Physik Chemie Sport Technik
bzw. uns zu rechtschaffenden Bürgern zu funktionalisieren
Politik Geschichte Biologie
SIE haben uns niemals etwas von
Bier Blues Ficken Leben erzählt

Nie uns die Möglichkeit aufgezeigt
andere Wege zu gehen
neue Ideen zu verwirklichen
sich frei zu entfalten
Dazu ließen SIE uns keine Zeit
Nur uns schnell in eine bestimmte Rolle zwängen
damit mensch nicht auf andere Gedanken kommt
war ihr Ziel
SIE ließen dir keine Zeit zum Nachdenken
Du mußtest dich schnell entscheiden
SIE ließen dich erstmal doof groß werden
& dann drückten SIE dir die Pistole an die Schläfe
& du hattest jedoch von nix `ne Ahnung
Aber wem konntest du schon vertrauen
Waren SIE doch deine Lehrer Eltern Vorgesetzte
Meinungsmacher Vorbilder
& du hattest ja keinen anderen an dem du dich halten konntest
& schließlich war aus ihnen ja auch was geworden
Was bot sich da also mehr an
als in ihre Fußstapfen zu treten
Ihrem Lebensweg zu folgen
Ich bin froh daß ich ihnen NICHT vertraut habe
daß ich ein `verirrtes Schaf` geworden bin
Was richtig & was falsch ist
muß jeder für sich selbst entscheiden
Nur bemerke ich immer öfter
wie schnell die Zeit davonrennt
& ich könnte mich nie an den Gedanken gewöhnen
nur drei oder vier Wochen im Jahr zu haben
um für mich selbst zu leben

Ich hab mich erst spät entwickelt
So mit zehn oder elf war ich ein sogenanntes `Muttersöhnchen`
was daran lag
daß ich zehn oder fünfzehn Kilo Untergewicht hatte
& meine Mutter meinte mich
mit besonderer mütterlicher Fürsorge
zu verwöhnen schließlich war ich ja ein schwaches Kind
Was mir aber nicht gerade den Respekt
bei den Schulkameraden einbrachte
Also verzog ich mich meist nach der Schule auf mein Zimmer
& las oder besser gesagt ich verschlang geradezu Bücher
Ich machte so ziemlich jede Phase durch
Horror Science Fiction Krimi
& schließlich & endlich Underground
Meine erste Story die ich diesbezüglich las
war Bukowskis Kurzgeschichte "Kid Stardust im Schlachthof"
die mich nachhaltig prägte
Natürlich höre ich irgendwelche Psychiater jetzt sagen
"Ein typischer Fall von übertriebenem
Minderwertigkeitskomplex
der sich seine Helden in der Literatur sucht
& verkrampft versucht es ihnen gleich zu tun"
Aber für die hab ich auch meine Erklärung parat
"Typen die um von sich selbst abzulenken
versuchen andere zu verunsichern
& im Grunde an sich selbst zweifeln"
Was ich sagen will
Ich hatte im zarten Alter von dreizehn oder vierzehn
noch keine Ahnung vom Leben
& konnte einfach noch nicht mitreden
wenn es zum Beispiel ums Thema Frauen ging

& die Schwätzer von früher die dann schließlich
doch den vorgegebenen Weg eingeschlagen haben
obwohl sie anders sein wollten als ihre Alten
haben halt so Geschichten aufgetischt wie
daß einer mal nicht aufgepaßt & die Soße reingeschossen hatte
Weil die Alte Angst hatte schwanger zu werden
hatte der Kerl dann mit `nem Feuerzeug
in ihrer Möse rumgezündelt
& son Quatsch eben
Sie organisierten Parties tranken Bier
& ich beneidete sie dafür
Als ich so langsam reif wurde
merkte ich daß uns Welten voneinander trennten
Meine Altersgenossen trafen sich meist an einem Platz
in der Einkaufsstraße unseres Kaffes
Standen da rum pafften & quatschten
über Autos PS-Zahlen Motorräder
& alle wollten sie Autoschlosser werden
& da wurde mir so langsam klar
daß ich hier nichts mehr verloren hatte
& ich war nur noch von dem Gedanken beseelt
hier RAUSZUKOMMEN
Ich ging oft zum Bahnhof stand da auf dem Gleis
& schaute den Schienen nach
die in die Unendlichkeit verschwanden
& das sagte mir da irgendwo liegt die Freiheit
da irgendwo gibt es Städte die mehr bedeuten
als Arbeit & Stumpfsinn
in denen du noch atmen kannst
wo es noch Oasen gibt die noch nicht mißbraucht sind
Das gab mir die Kraft dort zu überleben
Diese Erkenntnis ließ mich nicht unterkriegen

& wenn ich die Helden von früher sehe
wie sie nun lustlos mit einem Einkaufswagen
irgendeiner Dorfschönheit hinterhertraben
dann weiß ich genau
daß ich nicht verkehrt liege

DER CHAMP IST TOT

Scheiße
ich schlage die Zeitung auf
& was les ich
Champion Jack Dupree ist tot
82jährig und an Krebs

Und Scheiße
vor kurzem hab ich noch
'ne Kurzgeschichte geschrieben
in der was über ihn drin war

Und nochmals Scheiße
ich hab den Kerl niemals live spielen gesehen
Das einzige was zurückbleibt
sind seine Songs
auf rundem
totem Vinyl
das sich nur dann dreht
wenn man ihm entsprechend Saft in den Hintern bläst
& Erinnerungen an "Down`n`Out-Phasen"
& Cola-Rum-Nächte mit viel Blues

& wenn ich mir die verschissenen
verlogenen
neumodischen
Pseudo-Musiker anschaue
hab ich Angst bei dem Gedanken
wer mich noch in Zukunft über die Runden bringt

MEINE PLATTE HAT EINEN SPRUNG UND VON MIR BRINGT KEINER EINE CD HERAUS

Zum ersten Mal besitze ich eine eigene Wohnung
& gehöre damit wohl zu den "Besser-Gestellten" in diesem Land
& so verrückt wie früher
laufe ich auch nicht mehr rum
Nur der Alkohol ist noch da - & die Schreiberei

Es ist kaum noch etwas übriggeblieben
von dem alten Lebensgefühl
von den alten Tagen
als ich bis mittags schlief & dann losging
um mir einen Kasten Bier zu schnorren
& von den ständigen Sessions mit Leuten
die ich auf der Straße getroffen habe
als ich einfach in die große weite Welt fuhr
um mich vom Leben überraschen zu lassen

Ich wälze jetzt die Prospekte durch
um irgendein günstiges Sonderangebot zu finden
daß mich einige Tage mehr über die Runden hilft
& lese den Lokalteil um zu wissen was in meinem Viertel passiert

Es ist nicht mehr viel los in meiner Ein-Mann-Zelle
Mich interessiert es mehr einen Kühlschrank zu bekommen
als mich mit meinen Zielen & Vorstellungen zu beschäftigen
Ich sage mir jeden Tag
daß ich mit 26 noch einiges anstellen kann
& daß das noch nicht alles war

Aber mit jedem Tag werde ich ein Stückchen älter
& ich erzähle nur noch die alten Stories
Immer wieder aufgewärmt - wie alte Hits
& es wird langsam Zeit
daß ich ein Comeback versuche

IRGENDEIN TAG

Ein Köter bellt sich seinen Frust
von der Seele
Nebenan renovieren sie das Haus
& die Typen die da arbeiten
können nichts Besseres mit dem Tag anfangen
als ihn zu verbohren
zu verhämmern
zu versägen

Ich liege in meinem Bett
& höre mir den ganzen Dreck an
Lausche der Wasserleitung wie sie
gluckert & rülpst
Warte gespannt auf die nächste Spülung
nach irgendeinem Morgenschiß
oder Rest-Kneipen-Bummel-Piß
Schaue traurig ein Buch von Hemingway an
& weiß nicht wie ich mich bei ihm entschuldigen soll
weil ich mich nicht darauf konzentrieren kann
Über mir bohrt mein Nachbar ebenfalls
Wie fast jeden Morgen
Ich frag mich ob er sich seinen eigenen Sarg
zusammenzimmert
Alt genug ist er ja dafür
Verstehe nicht warum man eigentlich
Miete zahlen muß
Was könnt ich mit der Kohle nicht alles anstellen
Stattdessen hab ich dafür nur Ärger

Jetzt soll ich meine Jalousien putzen
weil die dreckigen Dinger
den meisten ein Dorn im Auge sind
& nicht zum Image des Hauses passen
Schließlich ist die Front neu gestrichen worden
& son Schandfleck macht einen schlechten Eindruck
Zudem stört es einige daß sie andauernd runtergezogen sind
Wahrscheinlich wollen die Arschlöcher wissen
was ich den ganzen Tag so treibe

Damit Ihr Euch keine unnötigen Gedanken mehr machen
müßt:
Ich schreibe lese trinke fresse
wichse oder ficke (kommt drauf an)
& ab & zu mach ich auch mal meine Bude sauber
& damit ja auch alles ordentlich & deutsch aussieht
wollen die noch die Sträucher
vor & hinter dem Haus & 'nen Baum wegmachen
Sieht ja auch nicht schön aus
so verwildertes Zeug

Aber wenigstens krieg ich endlich 'nen neuen Briefkasten
Wurde auch langsam Zeit
Irgendjemand hat schon mal meine Post zerrissen
& ich weiß nicht ob irgendjemand
meine Briefe klaut oder geklaut hat
denn ich kann das Ding nicht abschließen
Aber weil der neue Kasten
nicht mehr zu den alten passen würde
muß 'ne komplette neue Anlage für zwei Riesen her

Mir vergeht die Lust
& bevor ich noch Frust bekomme
stehe ich lieber auf
& höre Musik - voll aufgedreht
Bis sich wahrscheinlich
jemand über den Krach beschwert

IM HAUS DES AMPUTIERTEN ANARCHIEZEICHENS

Wie schlechter Fisch liegt mir
die Wartenummer im Magen suche
vergeblich nach etwas
was mich länger als einen Moment aufhält
& drehe mit jeder Minute
ein bißchen mehr durch
Gelangweilt schaue ich den anderen zu
wie sie wie Katzen auf der Lauer
auf ihren Ärschen rumrutschen
Ich spiele verlegen mit meinem Zettel
& hoffe daß ich endlich erlöst werde
daß jemand herauskommt & meine Zahl nennt
Ich schere mich nicht darum
ob ein Briefträger gerade heimlich
meine Post liest oder jemandem
eine Einkaufstüte kaputt geht
Ich will nur noch meinen Bewilligungsbescheid
ans Kreuz nageln & dann meinen
Kühlschrank vollstopfen

DIE MAUERN DES BESCHRÄNKTEN HORIZONTS MATERIALISIEREN SICH

Mein Koffer hat sich einfrieren lassen
& träumt in seinem Winterschlaf
von der großen Reise rund um die Welt
um dann irgendwo in Havanna oder New York
friedlich aus dem Leim gehen zu können
Manchmal wünsch ich mir
daß die Welt zusammenbricht
um wieder neu anfangen zu müssen
oder daß der Geldautomat kein Geld mehr ausspuckt
für alle Zeiten
daß mein Mietvertag unwiderruflich gekündigt wird
damit ich wieder meinen Koffer packen muß
um irgendwo anders mein Glück zu versuchen
& jeglichen Ballast hinter mir lassen kann
Es ist alles so vage & unbestimmt
& irgendwie habe ich nichts
wonach ich greifen kann
was ich verteidigen oder angreifen könnte
Die berühmte Flucht in die Offensive
kann ich nicht antreten
weil ich nicht weiß wogegen ich ankämpfen soll
Übrig bleibt nur eine dumpfe Furcht
wie mieser Mundgeruch nach einem verheerenden Suff
Egal nach welcher Seite ich mich bewege
- ich stoße immer mehr an die Grenzen
meines Tuns
Die Welt hat ihre letzten Höhepunkte verraten
ihre letzten Abenteuer billig verschachert

Uns bleibt kaum noch etwas anderes übrig
als die Klassiker der Literatur zu lesen
& in Nostalgie zu schwelgen
So toll ich es mir auch ausmale
stürzt es mich immer mehr ins Dilemma
Daß ich nicht mehr aus meinem selbstgestrickten Strick
im Gehirn rauskomme und hier ewig rumhänge
& der Welt verwundert dabei zuschaue
wie sie ihre Identität dem Gott Computer preisgibt
Unsere Ansprüche enden in einem Wochenendsuff
in der Kneipe am Ort
oder nach einem Fußballspiel
oder in einem dreckigen Fick auf dem Klo
Alle Theorien haben versagt
egal wie gut sie gemeint waren
Wir glauben den Kommunismus und damit
unseren ärgsten Feind besiegt zu haben
Aber dabei spielt es kein Rolle
wie Du den Scheiß nennst
ob Diktatur
oder Kommunismus
oder Kapitalismus
oder Faschismus
oder schick Demokratie
Die Schweine wollen nur Dich
Deinen Respekt Dein Vertrauen Deinen Gehorsam
& daß Du Dich unterordnest & die Schnauze hältst
Dafür geben sie Dir die Hoffnung
auf ein besseres Leben
auf eine Traumvilla im Süden
auf einen sorgenlosen & gesunden Lebensabend
& damit wir auch weiterhin dämlich Tag für Tag

ackern gehen & am Freitag unseren Lottozettel
ausfüllen knallen sie uns mit Halbwahrheiten zu
bombardieren uns mit Soap-Operas Game-Shows & Reality-TV
geben uns ein Gefühl von Freiheit
die wir uns mit unserer erarbeitenden Kohle kaufen können
geben uns airbaggeschützte Autos
nachfüllpackende Waschmittel
nichtfrittenstinkende Friteusen unreißbare Alufolie
männer/frauenanziehende Parfüms motorschützendes Öl
einfachbackenden Pizzateig vor-allen-Widrigkeiten-schützende
Versicherungen abfallsaubere terroristenfreie Strände &
gestatten uns zu sagen
"Kohl ist ein Arschloch"
Das Gemisch aus Borniertheit & Spießigkeit um mich herum
versucht meinen Verstand zu vergiften
Ich krieg kaum noch meinen Arsch hoch
& je mehr ich mich dem entgegensetze
verliere ich meine Substanz
Unser Leben spielt sich nur noch in unseren Köpfen ab
& den wollen sie uns auch noch nehmen
In unseren Gehirnströmungen steckt schon
so eine Menge Scheiße drin angefressen
in den Schulen Elternhäusern
Kindergärten Büros Baustellen Fabriken
Ämtern Krankenhäusern Kirchen
Irrenanstalten Gefängnissen
daß uns nicht mal Lebertran helfen kann
Und ich rüttel und schüttel meinen Koffer
aber er wacht nicht auf
& dabei brauche ich dringend seinen Rat
Vielleicht hilft mir dabei die Mikrowelle

HEKTIK IN EINER NERVÖSEN ZEIT

Dumpf prallen
meine Gedanken
gegen hektische
Kopfschmerzen
Sie zerren
mein Korrekturband
aus dem Maul heraus
wischen sich damit
ihren Arsch ab
& lassen mich
als Stück Scheiße
zurück

AVANTGARDE IM TOTEN HERZ DER FABRIKEN

Maschinen
komponieren
progressiven Rhythmus

Arbeiter
tanzen im
3/4 Akkord

Der primitive Gestank
des Schweißes
kennt kein Parfüm

NACH EINEM DICHTERTREFFEN

Die Flaschen sind leer
Die Platten haben sich wieder in ihren Hüllen versteckt
In der Küche stapelt sich der Abwasch
auf dem Teppichboden die Bücher
Die Gäste sind schon in aller Frühe aufgebrochen
Die Gedanken kümmern sich wieder um nichtigere Dinge
Rechnungen Essen Spülen Bierkaufen
Doch die Kopfschmerzen verhindern jede vernünftige Tätigkeit
Die Zigaretten schmecken noch nicht
& mittlerweile habe ich
die zweite Mineralwasserflasche zwischen
Das Bett ist der einzige vernünftige Zufluchtsort
Der Weg in die Küche wird zum Gewaltmarsch
Der Alltag hat wieder Einzug gehalten
& drängt sich mit seiner Unwiderruflichkeit
auf & läßt mich erschauern mit all seinen
Tücken & Tricks
Die Glotze soll mir noch etwas Aufschub geben
bevor ich wieder in den Ring steige
& so reiht sich ein dämliches Bild nach dem anderen
in der Schlange vor meinen Auge ein & versuchen
Erinnerung in meinem Gehirn zu werden
bis mir mein Magen signalisiert
daß man von der Glotze nicht satt wird
& ich mich in die Reihe vor der Kasse einreihen muß
um mich wenigstens körperlich zu befriedigen
mit all den Gesichtern die sich kaum noch
solche Gedanken wie diese gestatten
sondern sich ihrem Schicksal schon ergeben haben

& hoffen heute nicht zu spät nach Hause zu kommen
um irgendeine Fortsetzung nicht zu verpassen
während ich wieder draußen
die Kühle & die Dunkelheit genieße
& an den gestrigen Abend denke
Bukowski hat nicht ganz Recht damit
wenn er davor warnt
sich nicht mit anderen Schriftstellern einzulassen

JENSEITS DER SCHAUFENSTER

Mit buntbebilderten Prospekten
jagen sie durch die Drehtür
Gehen auf Sonderpreisjagd
Die ganz Smarten haben sich schon
um 9.00 Uhr angestellt
um ihren Arbeitsfrust
abzukonsumieren
Jenseits der Schaufenster
dagegen halten Menschen die Hand auf
für die ein trockenes Brötchen
& eine billige Hansa-Bier-Büchse
wie ein Sechser im Lotto sind

Vom gesparten Geld gehen sie
ins Steakhouse präsentieren
abends stolz die Schnäppchen
die sie ergattern konnten
schalten den Fernseher ein
& zeigen sich zutiefst betroffen
vom Elend in der Welt
Während irgendwo in einer
windgeschützten Ecke
ein paar Gestalten
eine \`Bombe\` Wein kreisen lassen
um sich in den
Schlaf zu trinken

LETZTE AUSFAHRT DORTMUND-HACHENEY

Wir stellten die Kiste ab
Endgültig
Unser alter Opel Kadett Kombi
verendete an irgendeinem Ort dieser Welt
den wir vorher nie gesehen hatten
dessen Namen wir auch vorher nie gehört hatten
Die Karre war unten total verrostet
Beulen in den Seitentüren
& das ursprüngliche Gelb war vollkommen ausgebleicht
Die Scheibenwischer knarrten ständig
Die Scheiben waren undicht
& so kam es vor
daß nach Regen das Auto so gut wie unter Wasser stand
Es machte keinen Sinn mehr
ihn noch zu reparieren
& nach was-weiß-ich 14 oder 15 Jahren
mußten wir unserem alten Kumpel "Lebe wohl" sagen
Mir war so zumute als wäre ein guter Freund gestorben
Wenigstens hatte er verdammt viel von dieser Welt gesehen
Nicht wie andere Autos
die in der Garage versauern
& höchstens mal im Urlaub
für zwei Wochen im Jahr rauskommen
Ständig waren wir mit dem Ding auf Tour
Er hatte alles mitgemacht
& uns dabei immer die Treue gehalten
Natürlich hat er wie jeder andere Karren auch mal versagt
Zum Beispiel als wir mitten auf der A 430
im Stau stecken blieben

& er uns einfach absoff
Ich also raus - im Regen - & versuchte
die Karre anzuschieben
Nichts ging
Marc hat dann 'nen Typen angequatscht
der uns schließlich abschleppte
Aber er war für uns nicht nur einfach ein Fortbewegungsmittel
sondern er war auch gleichzeitig Hotel Kneipe Puff
In Oostende hatten wir mal 'ne Ficknummer vorgespielt
Der Wagen schaukelte nur so hin & her
& die Leute guckten verwundert vom Balkon
Naja aber die Belgier nehmen sowas gelassen hin
Wenn er die Jungs im Autohimmel trifft
- sofern Gott an sowas gedacht hatte -
hat er auf jeden Fall viel zu erzählen
Nach einem in vollen Zügen genossenen Leben
stand er nun auf diesem Abstellplatz
neben einer aufgegebenen Gärtnerei
gegenüber eines Friedhofs
& wir hatten nicht daran gedacht
wenigstens 'ne Flasche Bier mitzunehmen
um noch einen letzten Schluck auf ihn zu trinken

PROBLEME MIT DER MORAL

Ich hatte es mir in der Küche gemütlich gemacht
nachdem ich vom erschnorrten Geld
einen Kasten Bärenpils gekauft hatte
Das billigste Gebräu
das es damals in Berlin zu kriegen gab
Lächerliche sieben Märker für 24 0,33 Flaschen

Die Küche hatte es mal wieder dringend nötig
Der Abwasch türmte sich im Spülbecken
Der Boden war total versaut
& einige Dielen waren im Arsch
Der Herd war mehr braun als weiß
Die Tapete sofern man sie noch so bezeichnen konnte
war vollgekritzelt mit Sprüchen
englischen spanischen deutschen

Nach dem ersten Schluck ging ich rüber zu Krille
& klopfte an seiner Tür
"Ja?" meldete er sich
"Lust auf 'n Bier?" fragte ich ihn
"Na klar. Ich komme gleich.
Ich zieh mich nur kurz an", erwiderte er
Ich ging wieder zurück
& legte eine Cassette ein

Ich hatte mittlerweile mein drittes Bier zwischen
als er endlich dazustieß
Als ich ihn ansah wußte ich auch
warum es so lange gedauert hatte

Er war mal wieder in voller Montur
Haare frisiert geschminkt
Minirock Strumpfhose Stöckelschuhe
Alles in grün
Er lächelte mich verschmitzt an
& wünschte mir einen "Guten Morgen"
Er machte den Kühlschrank auf nahm sich ein Bier
& setzte sich mir gegenüber
"Naja", meinte er, "ob das reicht?"
Meistens hatten wir den ersten Kasten
nachmittags durch
"Wenn nicht, gehen wir halt gleich nochmal schnorren."
"Was hälst du erstmal von 'nem anständigen Frühstück?"
Dagegen hatte ich nichts einzuwenden
Er gab mir noch etwas Geld
& während ich die Sachen einkaufte
spülte er die nötigen Dinge dafür

Als ich zurückkam war er noch dabei
das Geschirr abzutrocknen
Ich machte es mir mit einem Bier gemütlich
& beobachtete ihn dabei
Er hatte lange schlanke Beine
Wie so ein verdammtes Model von Lagerfeld & Konsorten
Sein Becken war zwar nicht rund genug für eine Frau
aber sein Oberkörper machte das wieder weg
Seine Haare hatte er sich blond gefärbt
Fehlten eigentlich nur noch die Titten

Ich verteufelte meine
katholisch-moralische Erziehung
Aber es war auf andere Art gut so

Wenn wir zusammen ins Bett gestiegen wären
wäre wahrscheinlich unsere
Freundschaft daran zerbrochen
Wir hätten nicht mehr so locker
miteinander umgehen können
Irgendetwas hätte immer zwischen uns gestanden
Unsere Beziehung hatte halt nichts mit Sex zu tun
In erster Linie waren wir Punks
Wir hatten uns geschworen
es dieser Welt nicht zu leicht zu machen
ihr auf die Nerven zu fallen
& uns nicht unterkriegen zu lassen

"Wieviel hast du denn heute morgen geschnorrt?"
fragte er mich
"Es lief gut", gab ich zurück. "35 Mark!"
"Nicht schlecht. Naja, für 'ne
Geschlechtsumwandlung reicht`s nicht."
"Schade!"
"Wieso?"
"Naja", meinte ich, "dann bräuchte ich nicht mehr
nach meiner Traumfrau Ausschau halten."
"Glaubst du etwa, daß wir miteinander auskommen würden?"
"Wenigstens hätten wir uns nicht andauernd
wegen der Sauferei in den Haaren",
antwortete ich & stopfte mir
ein halbes Brötchen hinein
daß ich vorher mit Käse belegt hatte

FILMRISS IN DER ABENDVORSTELLUNG

Meine Blase erinnert mich daran
daß ein neuer Tag angefangen hat
Ich lasse meine Gehirnzellen
zum Appell antreten
& muß wieder einmal feststellen
daß einige desertiert sind

Du hast es mal wieder vorgezogen
auf dem Sofa zu schlafen
& als hätte man aus mir
eine Isolationszelle gemacht
fällt es mir schwer dir zu erzählen
welches Märchen ich mir diesmal
ausgedacht habe

ANDERSSEIN IN SPANIEN

Er wühlte in einem Müllcontainer
auf der Suche nach irgendetwas
was den Augenblick versüßen könnte
Er konnte kaum noch aufrecht stehen
& als ich vorbeikam
fragte er mich nach einer Kippe
Ich erkannte ihn wieder
Ich hatte ihm schon tags zuvor
ein 100-Peseta-Stück gegeben
als er mit ein paar Kumpels
in der Altstadt schnorrte
Ich gab ihm ein paar Kippen
Er bedankte sich überschwenglich
legte sich auf den Boden vor dem
Müllcontainer und genoß eine
& bei diesem Anblick
fielen mir viele alte Erinnerungen ein

Ich kannte dieses Leben-auf-der-Straße
nur zu gut
Vor allem wußte ich nur zu gut
wie es enden konnte
Damals in Berlin hatte ich alles verloren
Freundin Bude Plattensammlung
Gedichte Recorder Jacken
Kurzgeschichten Unterhosen
Büroklammern Feuerzeuge Stifte
Außer meiner Schreibmaschine
einigen privaten Unterlagen

& den Klamotten die ich am Leib hatte
blieb mir nichts übrig

Danach hatte ich die Schnauze voll von Deutschland
& wollte mich nach Spanien verdrücken
Ich kannte dort einige Leute
& so hätte es mir eigentlich
nicht schwerfallen sollen
mich dort einzuleben
Aber in der Woche
in der ich durch
die Straßen von Barcelona gewandert war
- immer mit einer Liter-Flasche-Xibeca -
mußte ich feststellen
daß meine Substanz aufgebraucht war
Ich hatte nicht mehr die Kraft
nochmal von vorn anzufangen
Ich war an einem Punkt angekommen
an dem ich nicht mehr so locker
wie bisher alles wegstecken konnte
Ich war von Ort zu Ort gezogen
ohne mir Gedanken über die Zukunft zu machen
Mir wurde plötzlich klar
daß ich ohne eine vernünftige Basis
keine Zukunft mehr hätte
Es war Zeit langsam seßhaft zu werden
& so verließ ich Spanien Richtung Ruhrpott
Sonst wäre ich wahrscheinlich da gelandet
wo dieser Punk lag

EINE KLEINE NACHKRIEGSGESCHICHTE

Als der Mann zurückkam
interessierte sich keiner für ihn
& man ließ ihn draußen vor der Tür
Jeder versuchte auf eigene Faust
seine Wohlstandskonserve einzurichten
um nicht schon wieder auf der
Verliererseite zu landen & als
irgendwelche selbsternannten Intellektuelle
den moralischen Finger erhoben
schaute man sich im Kino
Heimatfilme an während fleißig
ausländische Arbeiter angeworben wurden
die beim Wirtschaftswunder mithelfen sollten
um den Krieg als das ansehen zu können
was er für viele war - ein gewaltiger Alptraum
Und als sich die ersten jungen Männer
Parkas mit Deutschlandfähnchen anzogen
glaubte man wieder etabliert zu sein
& gedachte der guten alten Zeiten
als eine Frau noch nachts unbehelligt
durch die Straßen gehen konnte
wenn auch nur deshalb weil die Männer
entweder
tot
im KZ
oder an der Front waren
& machte den wahren Feind auf der gegenüberliegenden
Grenze aus Ohne Kommunisten
wäre es nicht so weit gekommen

Und als die Jugend Rock`n`Roll tanzte
& auf der Suche nach dem Beat-Feeling war
träumte man sich an karibische Strände
& hoffte daß die Pubertät schnell vorbeiging
damit die Stammeshalter den neuerschaffenen
Wohlstand übernehmen konnten
Als die Studenten auf die Straße gingen
weinten die Mütter aber nicht wegen
der getöteten Kinder in Vietnam
sondern weil Heintje so goldig sang
& um die Träume realistisch werden zu lassen
wählte man die anderen
Aber als sich das Blatt wendete
griff man wieder auf das Altbewährte zurück
ohne zu wissen daß man sich damit
das eigene Grab schaufelte
Und die jungen Leute färbten sich die Haare
zogen zerrissene Klamotten an
& wollten endgültig nichts mehr
von dieser Welt wissen

Heute flimmert die Kiste von morgens bis abends
was bei der Fülle von Programm auch kein Problem
mehr ist Die Kneipen machen
weniger Umsatz als früher
was nicht daran liegt
daß die Leute sich bewußter ernähren
sondern weil eine Palette Dosenbier
von Aldi erheblich billiger ist
Die Arbeit wird geteilt geviertelt geachtelt
gesechzehntelt gezweiunddreißigstelt
gevierundsechzigstelt & auch

das Zeitunglesen auf dem Klo
macht keine rechte Freude mehr
& wenn man nicht in irgendeiner
Discothek auf Mallorca
auf Kleidungsstückejagd geht
dann steht man vor dem Fenster & schaut
dem Regen zu wie er die Ausschau verwässert
oder abwechslungsweise dem Wind
wie er kräftig an unserer Aussicht rüttelt
oder dem Nebel wie er unseren Ausblick
verschleiert

KRANKENSCHEIN FÜR DIE SCHNELLE PRODUKION

Bürgersteig - rattengleich
strömen Aufrechtgeher
Also Burgersteig
Burger an Burger
Plastikgehirne in
Schaumstoffpackungen
noch gut genug
für Werbeslogans
Kaufen in der Mittagssonne
Sonderangebote
die sie nicht alle
im Kofferraum unterkriegen
Schnellimbiß für den
heimischen Küchenboy
Aufgemotztes Ausgekotztes
während der
spielfilmfreien Zeit

TRÜGERISCHE SICHERHEIT

Der Kerl erzählt mir
daß er früher mal viel verdient hat
Technischer Zeichner war er
in einem großen Betrieb
Frau & Kinder Mittelklassewagen
ein Eigenheim mit Hilfe seiner Hausbank
gebaut & zweimal im Jahr in Urlaub gefahren
Er hatte alles wovon man so träumte
wenn man die Ausbildung hinter sich hatte
& irgendwann mit den Jahren
lief es nicht mehr so gut in seiner Ehe
- Abnutzungserscheinungen -
Sie hatten sich nicht mehr viel zu sagen
& er wichste sich lieber einen als
mit seiner Frau zu ficken
Dazu kam noch der Ärger mit seinen Kindern
in der Schule
Er fing an zu trinken wurde aggressiver
schlug seine Frau & schließlich auch
seine Kinder kam nur noch unordentlich
unregelmäßig unausgeschlafen und mit einem
Kater zur Arbeit Die machte ihm
keinen Spaß mehr war nur noch halbherzig
bei der Sache lag deshalb ständig im Clinch
mit seinen Kollegen und seinem Chef
Dann verließ ihn seine Frau mit den Kindern
ging danach kaum noch zur Arbeit und war
schon um zehn Uhr morgens besoffen Kündigung
kein Geld das Haus mußte verkauft werden -

für die Schulden & für die Abfindung
seiner Frau Von dem Geld blieb nichts übrig
& nun sitzen wir zusammen auf der
Parkbank & trinken ein Six-Pack
daß ich ausgegeben habe

ANGEZÄHLT

1
Fünf Stunden
5 Stunden saß ich da rum
& es tat sich absolut nichts
5 Stunden versucht
Bücher zu verkaufen
& noch nicht einmal hat jemand
gefragt was daß eigentlich ist
was da drin steht
zwischen kopierten Kartons
Sie fraßen
Melonen
Pommes
Bratwurst
Eis
soffen Bier & Sekt
stopften sich zu
mit den Verlockungen des Konsums
aber für Literatur hatten sie noch nicht einmal
einen Blick übrig
2
Unifest
Treffpunkt für zehntausende Menschen
Jedes Jahr
Was treibt sie dorthin?
Lediglich die Ablenkung?
Lediglich die Zerstreuung?
Nicht mehr an die eigenen Probleme denken zu müssen
Aber verursacht nicht gerade dieses Verhalten

die Probleme?
Mit Lichterketten erreicht man nichts
man beruhigt lediglich sein Gewissen
Aber so lange sich die Brandstifter
nicht daran beteiligen
ist es halt nur eine nette Geste
3
Ich bin sturzbetrunken
Um mich herum wird alles
unwirklich deprimierend aussichtslos
Die Kneipe wird mir zu eng
Ich muß hier raus
Schnappe meinen Bierkrug
& stürze hinaus
Meine Freundin folgt mir
Ich sinke zu Boden
weine
Frust & Enttäuschung machen sich breit
Klage über diese beschissene Welt
& bezeichne mich als den Verlierer schlechthin
die vorbeikommenden Leute
schauen uns ungläubig zu
Am liebsten würden sie auch den Alkohol
verbieten & was machen wir dann?
4
Ewa ist verdammt kunstinteressiert
Vor allem Van Gogh begeistert sie
Jetzt hängen drei Bilder von ihm an der Wand
& der Kerl beginnt mich auch zu interessieren
Vor allem für sein Leben
Da lief mal dieser Film über ihn
Nicht der mit Kirk Douglas

Okay ich will Euch damit nicht langweilen
Höre Euch schon sagen
"Jetzt kommt das"
Aber ich muß es loswerden
Der Kerl hat lediglich ein Bild
in seinen 37 Lebensjahren verkauft
Heute ist er ein Genie
5
Am nächsten Tag
unterhalten wir uns über den gestrigen Tag
Ich bin wieder zur Besinnung gekommen
Ewa erzählt mir alles was passiert war
"Ach du Scheiße" sag ich
Mein üblicher Abdreher
Kann man nicht vermeiden
Schwamm drüber
Sie ist der Meinung
daß die Deutschen
total beschränkt sind
Ungebildet unkultiviert
Will ich nicht so stehen lassen
Die Ignoranz herrscht überall
& viele Künstler haben es in ihrem
eigenen Land schwerer als im Ausland
Ich hab mir während der 5 Stunden
ein Buch von Rudi Proske durchgelesen
& verdammt der Kerl
ist genauso gut wie Bukowski
& Daniel Dubbe versteht das Ganze
auch nicht mehr
Er meint der Underground wird bewußt
kaltgestellt ignoriert & mundtot gemacht

Es ist müßig sich darüber Gedanken zu machen
warum das so ist
Aber es ist schon komisch
daß Underground
nur dann angesagt ist
wenn der- oder diejenige nicht aus dem eigenen Land kommt
6
Tja wir haben noch diesen
Film über das Leben von Charlie Parker auf Video
Da fällt mir ein daß ich immer noch
ein Gedicht über Dizzy Gillespie schreiben wollte
Er hatte Geburtstag
& im Fernsehen brachten sie etwas über ihn
& er sagte daß er mehr Freunde
im Himmel als auf der Erde hätte
& riefe immer bei Gott an
& frage nach wie es den Jungs da oben ginge
& ob Charlie auch da wäre
Mittlerweile ist Dizzy bei seinen Kumpels
& jetzt hab ich endlich über ihn was geschrieben
Nun gut wir sahen uns also diesen Film an
& der gute `Yardbird` machte sich mit Alkohol & Heroin fertig
Versuchte sich mit Jod umzubringen
In den vierziger Jahren boykottierten sie seine Musik
den Bebop
wie dreißig Jahre später den Punk
Er kam nicht aus diesem Teufelskreis heraus
Eine Tochter starb von ihm
& er litt ständig unter Depressionen
& Magengeschwüren
& die Bullen machten ihm das Leben zur Hölle
wegen den Drogen versuchten ihn immer auszuquetschen

Auch er war ständig pleite
& auch er gilt heute als Genie
als Erneuerer des Jazz
7
Ich verstehe diese Welt nicht mehr
Es macht mich fertig
ihr dabei zusehen
wie sie sich selber zu Grunde richtet
Ihre Aktien haben keinen Wert
mehr für mich
& woran das liegt
vermag ich gar nicht mehr zu sagen
Aber wenn ich den Leuten
ins Gesicht sehe
& ihren leblosen & desinteressierten
Ausdruck sehe
weiß ich
daß es nichts mehr zu hoffen gibt
Es breitet sich nur noch ein Gedanke aus -
einigermaßen heil durch dieses Schlamassel
zu kommen
8
Übrigens ist der Film verdammt
lahm ohne Pep
Naja Clint Eastwood sollte von sowas
die Finger lassen
Ein `Dirty Harry` soll den Leuten
schließlich dabei helfen ein wenig mehr
zu verdrängen

ANPASSUNGSSCHWIERIGKEITEN

In der Zeit
vor dem großen Erwachen
hatten wir viel Spaß miteinander
Die Diktatur der Gesetze
hatten wir wie
einen pubertären Pickel
ausgedrückt
Helden & Götter
gab es in unserem Lexikon
nicht
Arbeit war nur was für Leute
die Angst vor dem Arbeitsamt hatten
Wir machten uns aus dem Staub
bevor sie uns umgarnt hatten
& träumten 6.00 Uhr morgens
am Strand von Oostende
von den unbegrenzten Möglichkeiten

& nun sitzen wir hier
beim Bier zusammen
& erzählen uns einen Schwank
aus der guten alten Zeit

PERSONALAUSWEIS

Verschwende keinen müden Gedanken
an den Platz im Altersheim
den sie dir versprechen
& sag Helmut Kohl
daß dicke Männer
einen kleinen Schwanz haben
Kümmer dich nicht
um die elektronischen Polizisten
& um Kaufhausdetektive
Schmier dir mit dem Grundgesetz
den Arsch ab
& Seife in die Haare
Mach der Fürsorge klar
daß es ohne dich nicht geht
& daß du von ihren Almosen
nicht existieren kannst
Kastrier ihre Demokratie
& schleuder deine Potenz
auf die Bananenrepublik
Sag ihnen
daß du ihren Krückstock nicht brauchst
& daß du verdammt gut
alleine auskommst
& daß du nicht ihr Müllmann wirst
Steck ihre Uniformen an
& verkauf ihre Bierbäuche
auf dem Flohmarkt
Kipp ihre Frühstückstische um
& laß sie vom Boden fressen

Steck sie in Kläranlagen
& verscherbele sie
als Recycling-Produkte

GIB DEM BIER NIE DIE SCHULD

Die Bude von Dirk & Caro
war damals mein zweites Zuhause
Wieviel Liter Alkohol wir zusammen verdrückt haben
kann ich nicht einmal erahnen
& die vielen durchzechten Nächte
in den Krefelder Kneipen lassen sich
auch nicht mehr zählen

Meistens brachte ich Wein & Bier mit
Was in zwei Tüten reinging
diente mehr als Appetitanreger
Das Zeug hielt nie lange vor
& so mußten wir immer nochmals
zum Supermarkt oder zur Trinkhalle
um Nachschub zu holen

Wir unterhielten uns
über Gott und die Welt
Wir ließen kaum ein Thema aus
Wir diskutierten bis zum frühen Morgen
ohne irgendwann mal zum Punkt zu kommen

Selbst als ich zwei Jahre in Berlin lebte
& ich recht selten auf Besuch vorbeikam
hatte ich immer das Gefühl
daß ich nie weggezogen wäre
Wir knüpften immer da an
wo wir nie aufgehört hatten

An eines erinnere ich mich immer
wenn ich an Dirk denke
Aufgrund seiner Geldnöte
sah er sich oft dazu gezwungen zu klauen
& wenn er mit dem Vorsatz daran ging
daß das im Einklang mit seiner
anarchistischen Überzeugung stand
wurde er nie erwischt
Hatte er jedoch Schmacht
& das Zittern gewann Oberhand über seinen Körper
klappte es oftmals nicht

Mit Dirk ging es bergab
als sich die beiden trennten
Danach war er jedesmal rappelvoll
wenn ich ihn traf
zu jeder Tages- & Nachtzeit
Mit Alkohol & Drogen
Alles was er vor die Finger bekam
zog er sich rein
Ein vernünftiges Gespräch kam nicht mehr zustande
Bei jedem Hauch von Kritik brauste er auf
um nicht zu sagen drehte durch

Nachdem ich nach Bochum gezogen war
hatten wir uns nicht mehr gesehen
& jetzt erfahre ich am Telefon
daß er irgendwo in Bayern in einem Kloster
oder sowas ähnlichem lebt & entzieht
weil er glaubt nur noch mit Hilfe Gottes
von seiner Sucht loszukommen

Ausgerechnet Dirk der früher
jegliche Art von Religion
als geistige Manipulation der Masse anprangerte
Warum das so gekommen ist
weiß ich nicht
Kann ich mir auch kaum vorstellen
Ich weiß nur
was ich zu tun habe
wenn der Bierkasten leer ist

EINE WOHLVERDIENTE RUHEPAUSE

Ich habe meinen Kopf in der
Pfandleihe und versuche
mit dem kläglichen Rest
Zigarettenstümmel aufzudrehen

Ein paar Bücher von Chandler
liegen auf dem Boden
& ich stelle mir vor
was jetzt Philip Marlowe
in dieser Situation getan hätte

Die alltäglichen K.O.-Schläge
lassen einen ziemlich seltsam
vorkommen und verdammt
unsinnige Dinge tun
"Mit siebzehn hat man noch Träume"
hat mal einer gesungen
Was daraus geworden ist
sieht man auf der Straße

Irgendwie sollte ich mich doch mal
bemühen Geld zu sparen
um meinen Kopf aus der Pfandleihe
auszulösen

WAS IST GÖTTLICHER

als ein morgendlicher Fick
& sich dann in Unterhose
ans Fenster zu stellen
den Kaffee aufzusetzen
& den Leuten dabei zusehn
wie sie verzweifelt versuchen
ihrem Leben einen Sinn zu geben
Was ist göttlicher
als sich mit deinem Baby
an den Küchentisch zu setzen
zu frühstücken
sich in die Augen zu schauen
& sich über irgendwelche Sachen zu unterhalten
Was ist göttlicher
als ein morgendlicher Schiß
mit 'ner Zeitschrift
oder 'nem Buch
& dann ein wenig Musik zu hören
& dabei ein Bier zu trinken
Dein Baby in den Arm zu nehmen
& sich darüber Gedanken zu machen
wohin man in Urlaub fährt
Was ist göttlicher
als sich mittags in einen Biergarten zu setzen
sich die Welt anzuschauen
& ganz genüßlich den Tag verstreichen zu lassen
Was ist göttlicher
als in einem China-Restaurant abends
Huhn in Curry-Sauce zu essen

& dann sich mit ein paar Kumpels zu besaufen
Was ist göttlicher
als mit deinem Liebling eng umschlungen einzuschlafen
& sich auf den nächsten Tag zu freuen
& den Firlefanz den sie Leben nennen
vor der Tür stehen zu lassen

Gott ich sag Dir nur eins
Deine zehn Gebote sind fürn Arsch
& Dein Verwalter soll endlich mit dem Humbug aufhören
Laß die Leute doch endlich das machen
worauf sie Lust haben
Du glaubst vielleicht
daß Du uns mit Aids Krieg Rezession in den Griff kriegst
Naja bei einigen hast Du es ja geschafft
Aber bei mir nicht
Mir ist es egal wenn ich mit 30 oder 40 sterbe
Ich kann dann wenigstens sagen
daß ich gelebt habe
& muß mich nicht mit 70 grämen
weil ich nichts vom Leben gehabt habe

AM ENDE SIEHT ALLES ANDERS AUS

Ich hatte mal wieder Ärger mit dem Arbeitsamt
Da war irgend so eine Änderung
& sie schickten mir dafür ein Formular
daß ich ausfüllen sollte
Naja auf jeden Fall hab ich den Scheiß
beantwortet & was kam raus?
30 Mark weniger in der Woche
Ich also zu den Typen hin & sagte
daß das nicht stimmen könnte
Mochte ja alles richtig sein meinten die
aber ich müßte dagegen schriftlich Einspruch einlegen
Als ich da raus kam brauchte ich erstmal ein frisches Pils
Die Läden in denen ich mich sonst so herumtrieb
hatten noch dicht & so ging ich in die Bahnhofspinte
Meist saßen da so die üblichen Typen drin
Mitte vierzig oder drüber arbeitslos
oder Frührentner oder 'ne Macke aus dem Krieg
Ein Kerl hatte immer seine Pantoffeln an
& laverte mit sich selbst
wenn sich keiner mit ihm einließ
Er erzählte vom Krieg & wie toll doch alles früher war
Er trank jedesmal drei bis vier Gläser & dann ging er
Mit erhobenem Arm verabschiedete er sich
Dann waren da noch so Typen drin
die ständig über ihre Arbeit oder ihre Alte laverten
& grundsätzlich war alles beschissen
nur sie hatten den Überblick & machten alles richtig
Währenddessen soffen sie ihren Deckel rund
& ich glaubte ihnen kein Wort

Aber irgendwie mochte ich sie
Sie waren zwar nicht die Art Mensch
mit dem ich mich sonst abgab
aber sie waren genauso wenig
auf der sonnigen Seite des Lebens
wie ich
Das Leben hatte sie betrogen
Sie wollten es zwar nicht wahrhaben
aber man merkte ihnen ihre Verbitterung an
Sie waren den Illusionen der Wohlstandsgesellschaft
genauso aufgesessen wie alle anderen jetzt auch
& mußten mit 50 erkennen
daß diese Fata Morgana sie nicht mehr brauchte
& sie ausspie als sie zu alt geworden waren
Dafür gab man ihnen etwas Geld
& ließ sie allein mit ihren Sorgen & Nöten
Es blieb ihnen nichts anderes übrig
als diese menschliche Tragödie hinunter zu schlucken
Sie ließen ihren Frust in den Kneipen dieser Welt
& gingen dann einigermaßen zufrieden
aber vor allem besoffen nach Hause
Bis der Morgen sie wieder in die Realität zurückholte
die Einsamkeit Enttäuschung & Hoffnungslosigkeit hieß
Ihre Jugend hatten sie für ein paar Groschen verschenkt

OFFENER VOLLZUG

Festumklammert
- eine Tasse Kaffee
  Bingo am Morgen
+
- eine Flasche Bier
  Knight Rider am Abend

Die Fernbedienung zum Spielzeug
umfunktioniert schaffe ich mir meine Welt
bin ich
mal Mörder mal Opfer
mal Liebhaber mal Betrogener
mal Sieger mal Verlierer
befriedige ich meine Sehnsüchte
in den Betten anderer
& brauche mich nicht darum zu kümmern
was um mich herum passiert

Meine Sicherheitsschlösser
bewahren mich vor der Realität
& mein einziger Feind ist
der Kurzschluß

FÜR EINEN MOMENT AUFGEZUCKT

Nahaufnahmen in Farbe
wühlen in den Kadavern herum
Tausend tote Aale sehen aus
wie eine Müllkippe voller Schwänze
Wir liegen braungebrannt am Strand
lutschen Eis schauen den gutgebauten
Mädchen hinterher & stellen uns vor
wie sie ohne ihren Bikini aussehen
& in Hollywood wird der Tod
mit dem Oscar ausgezeichnet
während wir vergeblich versuchen
unseren steif gewordenen Schwanz
zu verbergen

SIX-PACK AM REVOLVERGURT

Im Moment tobt ein Krieg
& langsam aber sicher
geht bei uns die Panik um
Ich schaue auf die Uhr
& kriege es auch mit der Angst zu tun
denn in zehn Minuten machen die Geschäfte zu
& ich brauche noch dringend etwas
zu trinken

Ob sie den Jungs da unten
wenigstens 'ne Flasche Bourbon
mit auf den Weg gegeben haben?
Naja ich glaub ja nicht
daß Schwarzkopf ein humaner Mensch ist

Wenn unsere Jungs schon nichts tun dürfen
dann könnten sie denen zumindestens
Care-Pakete von 'ner Bierbrauerei schicken
Aber solange wir unseren Glauben
an Spiderman & Django nicht verlieren
kommt wahrscheinlich keiner
auf das Naheliegenste

HARTE MÄNNER HARTE SITTEN

Ich war gerade erst aufgestanden
Als Morgenmuffel fiel es mir schwer
so kurz nach dem Aufwachen
einen vernünftigen Gedanken zu Wege zu bringen
Also blätterte ich die Fernsehzeitung durch
& entdeckte einen Kriegsfilm mit John Wayne & Kirk Douglas
Ich machte es mir auf dem Sofa bequem
& schaltete das Ding ein
Die Amis kämpften gegen die Japsen
Nun gut Kirk & Johnny waren Offiziere auf 'nem Schiff
Wayne verkörperte den durchweg
anständigen amerikanischen Durchschnittsbürger
& Douglas warn ausgebuffter & durchtriebener Kerl
Beide kannten sich schon seit Kindesbeinen
Doch irgendwann trieb es Kirk in diesem Film zuweit
Er machte sich an 'ne Krankenschwester ran
aber die wollte nicht
Schließlich vergewaltigte er sie
Johnny kriegte es raus & wollte seinen Freund zur Rede stellen
Aber der war schon unterwegs in einem Flugzeug
um die feindliche Flotte auszuspionieren
Radar hatten die noch nicht
aber die Amis mußten nunmal wissen
wo die Japsen rumhingen
damit sie nicht den Kürzeren zogen
Er wußte daß er von diesem Flug
nicht mehr zurückkommen würde
Aber eine letzte Heldentat wollte er noch vollbringen
Wahrscheinlich um seine Ehre zu retten

& da ging mir plötzlich auf warum aus meinem Leben
nichts geworden ist
Mir fehlte es an Stolz Vaterlandsliebe Ehrgefühl
& solchen Dingen kurzum ich hatte keine Werte
für die ich eintrat & so blieb mir nichts anderes übrig
als errötend & mit einem Schamgefühl
gebannt auf den Bildschirm zu glotzen
& diesen \`mutigen Männern\`"Sieg Heil" zuzurufen
Naja das Ende vom Lied - die Amis gewannen natürlich
Kirk wurde abgeschossen
(nachdem er die Position der Japaner
an seine Flotte durchgegeben hatte)
Johnny war der gefeierte Held
& verlor ein Bein
Machte aber nichts - sein General hatte ihm schließlich
versprochen daß sie zusammen
in Tokio einmarschieren würden
& dann hatte er ja schließlich auch noch
eine tapfere Frau an seiner Seite
die er im übrigen auf irgendeiner Insel kennengelernt hatte
& ebenfalls 'ne Krankenschwester war
Wenn ich mal nach Tokio kommen sollte will ich hoffen
daß ich wenigstens noch beide Beine habe

WENN DIE MONOTONIE EINZUG HÄLT

verkriechen wir uns in unseren Hütten
Plündern den Kühlschrank
und schauen fern bis zum Abwinken
Oder wir hängen in irgendwelchen Pinten rum
& saufen uns zu
bis uns kein klarer Gedanke mehr kommt

Wenn die Tagesschau immer noch keine
besseren Nachrichten bringt
hocken wir immer noch in unseren Hütten
& verstecken uns & hoffen
daß die da oben mal langsam vernünftig werden
oder daß eine andere Regierung drankommt

Wenn es immer noch nicht genug Wohnungen gibt
verkriechen wir uns umso mehr in unseren Hütten
& hoffen daß wir nicht rausgeschmissen werden
Lesen uns nochmal ganz genau
die Hausordnung durch um ja nicht gegen
irgendwelche Vorschriften zu verstoßen

Wenn die Inflationsrate immer weiter ansteigt
hoffen wir daß ALDI nicht Pleite geht
damit wenigstens eine Dose Suppe auf dem Tisch steht
& während wir diesen Dreck in uns hinein löffeln
füllen wir Preisausschreiben aus
die uns tagtäglich mit der Post ins Haus flattern
obwohl wir genau wissen
daß es dabei nichts zu gewinnen gibt

Wenn sich die Arbeitslosen in den trostlosen Fluren
im Haus des amputierten Anarchiezeichens
auf die Füße treten
kriechen wir die Arschleiter eine Stufe höher
& vertrauen den Durchhalteparolen der Industrie
daß die Talsohle bald durchschritten ist

Und wenn...

ZURÜCK IN DIE VERGANGENHEIT

Nach Jahren kehrte ich wieder
an eine meiner alten Wirkungsstätten zurück
Normalerweise wäre ich niemals
auf die Idee gekommen
ausgerechnet in diesen Laden zu gehen
Früher liefen dort ständig Punkkonzerte
aber mittlerweile war der Schuppen
vollkommen verkommerzialisiert
Aber da meine Freundin dort sehr oft hinging
wollte ich mir doch mal reinziehen
was sich da noch so tat
Naja von den alten Leuten war natürlich keiner da
Aber damit hatte ich auch nicht gerechnet
Wenn ich von `alt` spreche
meine ich so 'ne Zeitspanne von vier bis fünf Jahren
Mit der Musik konnte ich wenig anfangen
& mit dem Publikum noch weniger
War mir auch ziemlich egal
Nun gut - da lief also diese Musik
mit der MTV einen andauernd berieselt
& auf der Tanzfläche
HEADBANGTEN sie
ich war vorher gewarnt worden
aber als ich das sah
wurde es mir trotzdem irgendwie anders
Alles was ich sah waren herumfliegende Haare
Auf Punk-Konzerten hatten wir uns
darüber immer lustig gemacht
Ab & zu waren Typen dabei

die vor der Bühne standen
ihren Kopf hin- & herschleuderten
& mit ausgestreckter Faust ihren Idolen huldigten
während die Meute pogte
& jetzt machte das jeder
ob Punk Heavy Juppie oder Prolet
& ich saß dumm da & starrte unglaubwürdig zu
Davon abgesehen lief eigentlich alles `normal` ab
Da waren irgendwelche aufgetakelten Schnepfen
die darauf aus waren
irgendwelche gestylte Affen abzuschleppen
& umgekehrt natürlich
& neben mir drei oder vier Proll-Pärchen
die sich irgendwann
nachdem sie ihren Alkoholpegel überschritten hatten
entweder die Schnauze einschlugen oder sich anbrüllten
Einer von ihnen versuchte den harten Mann zu markieren
schmetterte die Gläser mit der Hand vom Tisch
worauf er sie sich prompt aufschnitt
Dem Kerl lief die Brühe nur so aus der Wunde
Er war zudem so besoffen
daß er kaum noch irgendeine Bewegung
richtig koordinieren konnte
Ich dachte nur
wenn der Typ mich mit der blutenden Hand anpackt
kriegt er eine geschossen
Aber er verschwand schließlich
Einige Zeit später entdeckte ich ihn auf der Tanzfläche
wo er seine Freundin
die eine weiße Bluse trug
mit dem Zeug besudelte
(nachdem er sich die Hand notbeholfen verbunden hatte)

Was soll ich euch sagen
- selbst zum Besaufen fehlte mir die Lust
& das soll schon was heißen
Irgendwann verzog ich mich mit Ewa in irgendeine Ecke
& wir dösten vor uns hin
Zum Glück hatte ich nicht allzuviel erwartet
Von daher war es eigentlich ein amüsanter Abend
Aber wenn ich dann allein zu Hause sitze
ein Bier trinke & eine alte Platte höre
wird`s mir doch mulmig ums Herz

WERTLOSE ZEITEN MACHEN SICH HEFTIG BEMERKBAR

Ich bin nicht so verkatert wie sonst
Aber der Schiß ist trotzdem fast schwarz
& mein Arsch blutet
während Hitlers Geist langsam
wieder seinem Sarg entsteigt

Mein müder Körper ist zu faul
den Tisch abzuräumen
Seit Tagen ist mein Briefkasten leer
& langsam glaube ich
daß die Welt am absterben ist
während die Buchhandlungen
meine Underground-Helden als Remittenden
verscherbeln & man wieder
ein ganz kleines bißchen
stolz auf sein Land sein darf

Man kümmert sich mehr
um einen toten Soldaten
als um die Probleme im eigenen Land
Deutschländer-Würstchen
machen sich im Kochtopf breit
Die Heimatvertriebenen trauen den Polen
immer noch nichts zu
Schäuble mutiert immer mehr
zu einer billigen Goebbels-Karikatur
Und während die Börse Gewinne einstreicht
wie noch nie werden die Plätze
unter den Brücken rar

Es ist wohl das Beste
mir einen Biervorrat anzuschaffen
bevor das Geld so wertlos ist
wie das Papier auf dem es gedruckt ist
& einige Blues-Platten zuzulegen
bevor sie diese Art von Musik
wieder verbieten

IRGENDWIE EIN FOSSIL

1

Ich klapperte die Plattenläden ab
auf der verzweifelten Suche
nach alten Punk- & Bluesplatten
Aber wohin ich auch sah
es gab fast nur noch CD`s
Alles was aus einer großen Zeit noch übriggeblieben ist
sind einige Scheiben aus den Siebzigern
etwas Hardrock & Schlager- & Volksmusikdudelei

Meine gesamte Plattensammlung
hatte sich ein Kerl in Berlin eingeheimst
Ich hatte ein paar Wochen
bei ihm gewohnt & sie noch
dort stehen gelassen als ich weiterzog
Danach hatte ich den Typen nie mehr angetroffen
wenn ich sie abholen wollte
Ich hatte ihn dauernd angerufen
bin bei ihm vorbei gegangen
aber anscheinend hatte er seine Bude gehaßt
& als mir nach circa einem halben Jahr
jemand die Tür öffnete erfuhr ich lediglich
daß er nach Kreuzberg umgezogen sei
Ich hinterließ 'ne Telefonnummer von einem Kumpel
Seitdem erfreut sich ein verdammter Wichser
an meiner Musik

Naja in letzter Zeit hatte ich mir
einige von diesen

silbernen unzerstörbaren Dingern zugelegt
Ich hätte es nie getan
(oder besser gesagt es mir geschworen)
wenn nicht meine Freundin
so einen CD-Player besessen hätte
& wenn die Teile nicht so spottbillig gewesen wären
Aber mit diesen Sonderangeboten
wollen sie Leute wie mich locken
die dem ganzen Treiben sehr skeptisch gegenüberstehen
Was wohl auch mehr als verständlich ist
wenn man sich die Preise für eine normale CD ansieht

Aber so ist das nunmal
in unserer sogenannten sozialen Marktwirtschaft
Die Industrie ist ständig dazu gezwungen
irgendetwas Neues auf den Markt zu schmeißen
um die Maschinen am Laufen zu halten
Dann erzählt man den Leuten
wie toll das Ganze ist
aber weil es so toll ist
ist es nunmal auch etwas teurer
& die Leute schlucken es

Ich liebe diesen schwarzen Vinyl
& jeden Kratzer darauf
Für mich ist das so
als hätte man mich entmündigt
Ich kann nichts daran ändern
Mir sind die Hände gebunden
Das ist das Schlimmste
Schließlich kann ich nicht
meine eigenen Platten pressen
Ich bin abhängig

Abhängig von den Platten- bzw. CD-Produzenten
Abhängig von Leuten die ihre alten Scheiben
beim An- & Verkauf verscherbeln
Ich rede mir ständig ein
daß es nicht auf die Verpackung ankommt
sondern auf die Musik
Aber für mich ist es schon ein erheblicher Unterschied
ob ich eine leblose Disc einlege
oder eine Platte auflege
an dessen Rillen ich erkennen kann
wo ein Lieblingslied von mir
eingepreßt worden war
Für mich spielt auch die Bequemlickeit keine Rolle
Damit hat Musik ja auch überhaupt nichts zu tun
sondern sie ist vertontes Leben
Wenn ich mir aber die aktuellen Hits im Radio anhöre
dann kann ich es nur zu gut verstehen
warum sie in dieser besseren
Tetra-Pak-Hülle verschachert werden

2
Wir hingen in dieser neueröffneten Kneipe rum
in der jeden Abend Blues-Musik gespielt wurde
Das Herz dieser Kneipe bestand aus einer riesigen Theke
& um deutlich zu machen
daß es sich dabei um eine Hausbrauerei handelte
benutzten sie Bierkessel als Dekoration
Die Bedienung hatte man in eine Uniform hineingezwängt
die eher in einer Nobel-Disco angebracht wäre
als in einem Blues-Lokal
An diesem Abend war Angela Brown angekündigt
- the hottest lady in town -

Begleitet von einem Pianisten & einem Saxophonisten
Das Ganze klang aber sehr müde & lustlos
obwohl es keinen Zweifel daran gibt
daß sie hervorragend singen kann

Die Musik diente mehr zur Untermalung
der mehr oder minder wichtigen Gespräche der Gäste
die ebenfalls reichlich deplaziert waren
Kam doch jeder Fleck auf ihrem Hemd ihrer Bluse
dem Weltuntergang gleich
Der Blues übernahm hier die Rolle des Fernsehers
& die Brühe die sie in diesem Stall
zu überhöhten Preisen verkauften
- ein 0,4 Glas kostete 6,10 DM
war nicht dazu geschaffen
einen in die richtige Laune zu versetzen
Wir schauten uns das Spiel eine Stunde an
Danach beschlossen wir
irgendeine Kneipe aufzusuchen
wo man wenigstens ein Pils zu trinken bekam
Sei es auch ein Bochumer Fiege
das sie hier in den meisten Wirtschaften zapften

Ein paar Meter weiter fanden wir etwas
Es waren lediglich zwei Tische besetzt
die kurz darauf wieder sehnlichst
auf Gäste warteten
Die Oma die diese Kneipe betrieb
hatte wahrscheinlich bessere Zeiten erlebt
& machte das mehr aus Hobby
Bei ihrem Tempo konnte sie kaum das Bier bezahlen
das in der Zwischenzeit verschalte

Aber es hatte noch was
Das war echt
Keine Fassade die einem vorgaukeln sollte
wie gut es uns ging

Die erste Runde
die sehr schnell unsere Mägen beschäftigte
ließ uns etwas lockerer werden
& mich auf der Toilette verschwinden
Auf einem Becken lag ein Zettel
mit dem Satz "Nicht benutzen"
Darunter stand "Wie lange noch"
An der Wand hing ein Kondomapparat
der mindestens zwanzig bis dreißig Jahre alt sein mußte
Auf dem stand drauf:
"Kommt Geldstück oft zurück - ein anderes einwerfen"
Das munterte mich ein wenig mehr auf
Gab es doch noch etwas
das dem Fortschritt Widerstand leistete
& bestätigte daß der Inhalt
ohne die Verpackung nicht leben konnte

WIE LAUT KÖNNEN STEINE SCHREIEN

Wie ein Made
reise ich durch den
ketchupversuchten
bundesrepublikanischen
Untergrund

Hinter mir die Priester
aus dem Disneyland
vor mir der Schwanzersatz
eines Polizisten

Der menschliche Fallout
nagt an meinen Nervensträngen
Im Briefkasten liegt eine
Einladungskarte
zu meiner Beerdigung

Als Beweismittel
hinterlege ich mein Ego
bei meinem Anwalt

WUNDERSCHÖNE TAGE

Draußen ist es schwül
Die Hitze treibt mir den letzten Rest
aus den Poren
den ich noch zu verlieren hab
Der Spiegel guckt mich dämlich an
& weiß nicht so recht
was er tun soll
Die Zeiger meiner Uhr
laufen stupide im Kreis
& sehen wahrscheinlich
genauso wenig Sinn darin
wie ich
Mein Plattenspieler hat schon
Feierabend gemacht & sinniert
darüber nach welchen Sinn er erfüllt
Aus Langeweile schalte ich die Lampe
ein & aus & hoffe
daß die Birne kaputt geht
damit wenigstens etwas passiert

EIN KURZER ANFALL

Irgendwo hatte es ein schweres Erdbeben gegeben
Irgendwann in der Nacht bin ich davon wach geworden
ohne zu dem Zeitpunkt zu wissen warum
Am nächsten Morgen beschäftigte sich die ganze Welt damit
Ich hörte mir dazu die Nachrichten im Radio an
ohne mich jedoch damit großartig auseinanderzusetzen
In Gedanken war ich woanders
Ich hatte beschlossen um aus meiner Misere herauszukommen
einen Job anzunehmen
egal welchen
Der ewige Ärger mit dem Sozialamt & dem Arbeitsamt
hing mir zum Hals raus

Ich hasse es Bewerbungen zu schreiben
aber daran kommt man nicht vorbei
wenn man sich auf die andere Seite schlagen will
& nicht ewig rumrechnen möchte
wieviel Geld man noch ausgeben darf
Ich hatte eine Stellenanzeige von einem Verlag gefunden
Nichts Qualifiziertes sondern im Lager
Das ging mir auch am Arsch vorbei
Die Arbeit der anderen kümmerte mich einen Scheißdreck
Ich wollte lediglich ihr Geld

Ihren Anspruch konnten sie sich sonstwo hinstecken
Nun gut ein paar Tage später
luden sie mich zu einem Vorstellungsgespräch ein
Die Firma war in Wattenscheid

Eine Gegend in der ich mich absolut nicht auskannte
So fuhr ich erstmal mit der S-Bahn
in eine total verkehrte Richtung
Ich kam irgendwo an einem
Außenposten von Wattenscheid aus
Von dem aber glücklicherweise
ein Bus in Richtung Innenstadt fuhr
Er kutschierte mich durch die Wallachei
So lernte ich ein bißchen mehr
von meiner neuen Heimatstadt kennen

Endlich angekommen hatte ich noch einen Fußweg
von etwa zwanzig Minuten hinter mich zu bringen
Ich war total außer Puste als ich ankam
aber fast pünktlich
Die meisten die dort arbeiteten waren jung
So auch die Frau die mich herumführte
Die Arbeit bestand darin
die Bestellungen zusammenzustellen
einzupacken & versandfertig zu machen
Sie verschickten größtenteils Post- & Glückwunschkarten
Also keine Arbeit die einem viel abverlangte
Die Bezahlung war dementsprechend gering
Ich sagte ihr daß ich es mir nochmal überlegen würde
& ging mit dem Gedanken hinaus
daß ich da nicht anfangen würde

Am nächsten Tag rief die Frau an
& fragte nach ob ich bei ihnen arbeiten wollte
Ich teilte ihr meine Überlegungen mit
& fühlte mich dabei irgendwie geschmeichelt

Einige Tage später fand ich
wieder eine Anzeige von einem Verlag
Diesmal war es etwas Qualifiziertes
Sie suchten einen Anzeigenakquisiteur
Ich rief an & laverte dem Chefredakteur
die Ohren voll
Von wegen ich sei freischaffender Schriftsteller
& was für tolle Dinge ich noch anstellen würde
Ich wußte daß er mich testete
Der Inhalt interessierte ihn nicht sonderlich
Es ging ihm nur darum daß man lavern konnte
Sie luden mich ebenfalls zu einem Vorstellungsgespräch ein

Die Straße & die Hausnummer fand ich ziemlich leicht
Der Laden lag schließlich
in Bochums Innenstadt
Einzig irritierend waren die Wegweiser
die auf sämtliche Büros
die in diesen Gebäuden waren wegweisten
& so landete ich beim Amtsgericht
Auf dem Rückweg stürmte ich irgendein Büro
& erkundigte mich nach dem Weg

Der Verlag publizierte neben einer Studentenzeitung
auch die Zeitschrift "NRW-Literarisch"
Die beiden Herren die mich beleuchteten
gehörten mehr dem Establishment an
& so fühlte mich auch recht fremd
Sie erzählten mir erstmal etwas
über den Aufgabenbereich
Auf einen Nenner gebracht
hatte ich die Kunden davon zu überzeugen

daß sie nicht daran vorbei kämen
in dieser Studentenzeitschrift zu inserieren
Sonst könnten sie ihre Produkte gleich
auf dem Flohmarkt verscheuern
Der Job war natürlich mit sehr viel Geld verbunden
aber auch sehr zeitintensiv
Ich hätte mich dabei
auf einen Zehn-Stunden-Tag einrichten müssen
Mindestens
Meine Freizeit hätte ich an den Nagel hängen können
Danach war ich an der Reihe
Ich erzählte ihnen etwas ausführlicher
was ich schon am Telefon von mir gegeben hatte
Sehr gequält & lustlos
Sie wollten noch von mir wissen
welche Vergünstigungen das Arbeitsamt einräumte
Ich wußte daß es irgendetwas dazu tat
Aber nichts Genaues
Nun gut ich sollte mich darüber informieren
& dann nochmal anrufen
Ich informierte mich nicht
& rief natürlich auch nicht mehr an
Ich beschloß Arbeit Arbeit sein zu lassen
& wünschte denen
die meine Posten übernommen hatten viel Spaß dabei
& machte lieber den Beamten weiterhin das Leben zur Hölle

WAS MARX NICHT WISSEN KONNTE

Zerschunden
in einem
bierbäuchigen
Pennermantel
fahren sie mich
in einem
Kinderwagen
zum Sklavenmarkt

Ziehen
einen Strick
um den
dicken Zeh
meines
selbstgemachten
Jo-Jo`s

und hängen mich
als Glockenschlegel
auf

ÜBERRASCHUNGEN SIND DIE WÜRZE DES LEBENS ODER LIEBESLEBEN IN EINEM VERTRACKTEN KÖRPER

Ein Anruf zerstörte all meine Hoffnungen
Ich hatte mich eine ganze Zeit lang
durch mein ganz persönliches Chaos durchgeboxt
sprich meine Welt halbwegs wieder geordnet
& glaubte schon
mich angenehmeren Dingen zuwenden zu können
als der Onkel meiner Freundin anrief
Ihre Mutter war ins Krankenhaus eingeliefert worden
Gehirnblutung
Also ließen wir alles stehen & liegen
& fuhren nach Duisburg
& bevor wir uns richtig versahen
standen wir schon vor der Pforte zur Intensivstation
& mich verließ der Mumm
als ich die grauen Kittel sah
die wir hätten anziehen müssen
sozusagen als Eintritt
Mir graute es immer schon vor solchen Uniformen
Ich hatte alles in meinem Leben getan
um mich nie in eine solche reinzwängen zu müssen
& es war auch alles dahingehend gut gegangen
bis sie mich vom Arbeitsamt zu einer Maßnahme zwangen
bei der ich mich mit so einem Ding hatte schmücken müssen
& hier sollte ich den Tribut dafür zahlen
um den Tod in die Augen zu schauen
Ich wollte ihn nicht zahlen
Wofür
Um einen Menschen zu sehen

der an irgendwelchen Apparaten angeschlossen war
der nicht sprechen konnte
der mich nicht erkannte
& über den ich nur etwas von den Ärzten erfuhr
Um mir all diesen Wahnsinn zu verdeutlichen
Ich sagte meiner Freundin
daß ich nicht mit hineingehen würde
& verzog mich lieber nach draußen
um eine Zigarette zu rauchen
Als einzig reizvoll erschien mir die Bücherei
die sie in diesem Krankenhaus besaßen
Die aber hatte geschlossen
Zwar vermutete ich daß die Bücher
nicht nach meinem Geschmack ausgewählt worden waren
Aber wenigstens hatte man mal an sowas gedacht
Als ich die Zigarette aufgeraucht hatte
stromerte ich durch die Gänge
um die Zeit zu überbrücken
die ich abwarten mußte
bis ich diesen betrüblichen Ort verlassen konnte
Nach diesem deprimierenden Besuch
blieb mir am Abend nichts anderes übrig
als mich einer meiner Lieblingsbeschäftigungen hinzugeben
was mich davon ablenken sollte
über den Tod nachzudenken
Dementsprechend elend war es mir
als ich am folgenden Morgen aufstand
Ich machte es mir auf der Couch gemütlich
schaltete das Fernsehen ein
& wartete darauf daß mein vertrackter Körper
wieder seine üblichen Funktionen verrichten konnte

Auf irgendeinem Sender lief seit Wochen
eine mehrteilige Sendung über
die deutsche Literatur seit 1945
Als Ewa auf mich zukam
ihren Bademantel ablegte
& sich zu mir gesellte
las Ernst Jandl gerade irgendwo in London
ich glaube es war in der Philharmonie
Als sie meinen Schwanz in die Hand nahm
der sich wie ein Berserker
unter ihren Bewegungen aufführte
applaudierte das Publikum ihm frenetisch zu
Wir verschwanden ins Bett
& während wir es trieben
ging es in mir drin zu
wie in einem melodramatischen Horrorfilm
Mein Kopf & mein Schwanz saugten mir die letzte Kraft
aus dem geschundenen Körper
& ich war gespannt wer als erster platzen würde
Ich kam
ich spürte wieder das Leben in mir
Zurück auf der Couch
erzählte Arno Schmidt irgendetwas
Ich hörte ihm kaum zu
sondern dachte an früher
als ich verkatert genauso gut im Bett war
wie jetzt
& hoffte daß ich langsam wieder Appetit
auf ein Bier bekommen würde
um mich an meiner kleinen Freiheit
zu beglücken
& an die Eigentümerin der Couch

die sie an ein Bett aus Stahl gefesselt hatten
& mit der ich jetzt lieber einen gesoffen hätte
als diesen langweiligen Literaten zuzuhören
die fernab vom Leben
uns bekehren wollten

DAS LEBEN HAT BESTIMMT EINIGE ÜBERRASCHUNGEN PARAT

Jeden Freitag abend trafen wir uns
Wir laberten uns erstmal
unseren Frust von der Seele
damit wir jede Erinnerung
an die vergangene Woche tilgen konnten
Hörten dann die Platten
von Vince Weber rauf & runter
soffen dabei eine Flasche Rum
langsam aber beständig aus
Machten uns ausgehfertig
durchstöberten die Kneipen
immer auf der Suche
nach dem Kick des Abends
aber immer mit dem Wissen
daß wir ihm wahrscheinlich
nie auf die Spur kommen würden
(wenn er widererwarten kommen würde
wollten wir wenigstens bereit sein)
bis zu dem Zeitpunkt
da nur noch das Feuerzeug
funktionierte & wir uns
in Richtung Heimat aufmachten
aber mit dem erhebenden Gefühl
daß noch Bier & Blues auf uns wartete

DER VERSUCH EINES LIEBESGEDICHTS ODER ÜBER FRAUEN IM ALLGEMEINEN UND IM BESONDEREN

Über mir fing wieder dieser Kerl an zu bohren
Ich wachte mit einem mächtigen Kater auf
Versuchte mit meinen Augen etwas zu erkennen
Suchte das Bett ab
aber es blieb leer
Sie war weg
Ich glotzte meinen Schwanz an
& dachte bei mir
- Na das hast Du mal wieder gut hingekriegt
TOO DRUNK TO FUCK
Verdammte Scheiße
Wir hatten uns diesen Song
von den DEAD KENNEDYS
vorher noch angehört
& ich hatte bei mir gedacht
"Hoffentlich stehst du das durch"
denn die letzten Tage hatte ich
meinen Körper mehr als überstrapaziert
wie eine Maus die versucht
das Stück Käse in einer Falle zu erhaschen

Sie hatte ihre Cassetten dagelassen
& einen Anhänger - ein Amulett oder sowas ähnliches
& eine Nachricht
Sie wollte mich später noch mal anrufen
Es gab also erstmal nichts Besseres zu tun
als eine Erbsensuppe aus der Dose aufzuwärmen

dem Kerl der sich Tage zuvor
wegen meiner lauten Musik beschwert hatte
beim Bohren zuzuhören
& auf ihren Anruf zu warten
& vielleicht auch auf die große Liebe

Eigentlich ist es besser
in solchen Situationen nicht nachzudenken
Aber das läßt sich nicht so leicht vermeiden
& unvermeidlich sind dann auch
die unsäglichen Erinnerungen an alte Freundinnen
Ich hatte bis dahin nur Schwierigkeiten mit Frauen
oder umgekehrt
kommt drauf an aus welcher Sicht
Die Schuld wurde zumeist
in meiner Trinkerei gesucht
Ich glaube daß es zum einen
an meiner Einstellung lag
daß ich nicht darauf aus war
8 Stunden an einer Maschine zu verbringen
irgendwelche Sachen im Haus zu reparieren
den Feierabend mit Abendessen Fernsehen Spielen
zu vergeuden
& am Wochenende einen Ausflug zu machen
Anders ausgedrückt - ein geordnetes Leben zu führen
Zum anderen hatte ich mich von allem unabhängig gemacht
& lebte so wie ich es mochte
Während sie irgendwelchen bürgerlichen Pflichten
wie Arbeiten-Gehen Kind-Versorgen
Wohnung-In-Ordnung-Halten nachkommen mußten
Da irgendwo mußte der Grund liegen
warum es mit ihnen nicht geklappt hatte

Vor allem hätte ich nie so oft betonen sollen
wie gut es mir ging
Damit hatte ich ihren Traum
schon im Keim erstickt

Ich war gerade an dem Punkt angekommen
wo ich mir Selbstvorwürfe machte
als sie anrief
Es war halb so schlimm
wie ich es mir ausgemalt hatte
Sie nahm mir das ganze überhaupt nicht krumm
In dieser Situation zahlte sich
wahrscheinlich aus daß ich ihr
von Anfang an nichts verheimlicht hatte
& sie mich schon aus der Kneipe
in der sie kellnerte kannte
Von daher wußte sie
daß ich ein ausgesprochener Bierfreund war
& vor allem hatte ich eine Frau getroffen
die ähnlich wie ich nicht den geraden Weg
gegangen war um den passenden Rahmen
für ein beschauliches Dahinsiechen zu finden
Sie wollte keinen Langeweiler
der ein müdes Leben hinter sich hatte
Wenn man so dreist sein möchte
so etwas Leben zu nennen
& in mir keimte die Hoffnung auf
daß ich es länger als ein paar Wochen
mit einer Frau schaffen könnte

INHALT

Nachwort zum Reprint

So ziemlich jeder wollte mir den Bukowski-Stempel verpassen. Marabo, damals das größte Ruhrgebietsmagazin, das mittlerweile wie so vieles eingestellt worden ist, schrieb gar: Roland Adelmann ist der Bukowski des Social Beat. Nach dem ich mir wieder die alten Gedichte durchgelesen habe, muss ich aber feststellen: Ich war der Bukowski des Social Beat!
Natürlich hat Hank mich maßgeblich beeinflusst. Als ich seine Geschichte „Kid Stardust im Schlachthof" las, dachte ich, da schreibt jemand Punk. Es funktioniert!
Nachdem ich mich kreuz und quer durch die Literatur gelesen hatte, hatte ich anscheinend meine nicht ganz so göttliche Berufung gefunden.
Aber ich wollte auf Teufel komm raus vermeiden, nur als kleiner, untalentierter Adept abgestempelt zu werden. Buk hatte alles zum Thema gemacht; selbst wie ein Hund über die Straße rennt und einen anderen Kläffer verbeißt. Also musste ich Geschichten schreiben, die er so nie hätte schreiben können. Sie mussten originell sein. Ich gab mein Möglichstes und denke, dass es mir einigermaßen gelungen ist, den Eiertanz auf Buks leer gesoffenen Weinflaschen zu überstehen. Und trotzdem waren meine Texte von ihm in jeder Faser inspiriert.

Mittlerweile hat sich mein Stil sehr stark verändert. Und ich bin auch nicht mehr so pubertär, wie mir Jürgen Ploog anno 1985 bestätigte, nachdem ich ihm meine erste ernsthafte Kurzgeschichte zugeschickt hatte (die ja bekanntlich im letzten Gasolin 23 veröffentlicht wurde). Und ehrlich gesagt, hielt ich mich nicht für so einen guten Dichter. Die Kurzgeschichten waren mein Ding. Vor allem hatte ich Themen. Klar, wenn man sich als Punk jahrelang auf der Straße rumtreibt. Da kommt schon was zusammen. Die Gedichte waren mehr Schreibübung als ernsthafte Herausforderung. Auf jeden Fall gab es bessere Dichter als mich.
Aber ich habe den alten Kram wieder entdeckt und muss sagen: er gefällt mir! Ja, sie haben wirklich was.

Besonders Instinkt. Der kurze, knappe Stil, der knallhart alles auf den Punkt bringt, trifft mitten in die Fresse. Ich machte mir nicht besonders viele Gedanken über das, was ich schrieb. Ich schrieb einfach. Ungefiltert, ungeschönt kam es aus mir heraus. Heute mutiere ich manchmal schon zu einer regelrechten Labertasche, abstrahiere, spiele mit der Sprache. Das ist bestimmt nicht schlechter. Vielleicht besser. Das sollen aber andere entscheiden.

Als Zugabe zu der Originalveröffentlichung von 1994 findet ihr vier Gedichte, von denen ich drei damals nicht veröffentlichen wollte (das vierte "Agent-Orange im Gehirnzellenkrieg" war allem Anschein nach noch nicht fertig gestellt, was ich 2006 endlich geschafft habe!). Sie waren einfach *zu* pubertär. Auf jeden Fall wird dabei mehr als deutlich, dass sie einen heftigen Touch des Underground-Königs mitbekommen haben. Um es auf den Punkt zu bringen: sie sind schlicht und ergreifend sexistisch. Aber pubertär und sexistisch sind wohl ein und dasselbe. Wie auch immer. Wenn ich sie lese, lache ich mich jedes Mal schlapp. Und wer sich und die Welt nicht ganz so ernst nimmt wird ähnlich reagieren. Und irgendwie beschleicht mich das Gefühl, dass ich diese Art Gedichte zu schreiben nicht mehr so drauf habe. Auf jeden Fall wäre es schwierig, den jungen Adelmann zu kopieren ohne klischeehaft zu wirken (hab´ ich das jetzt wirklich geschrieben?).
Ob ich ein so großer Weiberheld wie beschrieben war (bin?), überlasse ich eurer Phantasie. Mann, auf jeden Fall sind sie verdammt dreist, so dreist, dass es kaum zu ertragen ist. Was muss ich bloß für ein obercooler Macker gewesen sein, dass kann ich selbst nicht glauben, hahaha.

Roland Adelmann

AGENT-ORANGE IM GEHIRNZELLENKRIEG

Meine Widerstandskämpfer
stöhnen weil sie durch
das Inspirationsembargo
keine neuen Ideen erhalten

Verzweifelt
renne ich von einem
Kaufhaus zum anderen
um irgendetwas
Passendes für meinen
Lebenshunger zu finden

Größe S ist schon längst
AUSVERKAUFT
und XL ist momentan
nicht vorrätig
oder
wird nicht mehr im
Sortiment geführt
mangels Nachfrage
oder
weil es nicht mehr
modern ist

Zerknittert
hocke ich vor dem
Einheitsfernsehen
und stricke hilflos an
einem eigenen Entwurf
als die Identitätspolizei
mich abholt

Flößen mir ihr
chemisches Arsenal
ein um mich auf einen
minimalen Lebenshunger
runterzupuschen
Abführmittel
damit ich meine
faulen Gedanken
ausfurze

Zerren
meine Gehirnstränge
aus den Ohrenlöchern
drehen einen Strick
daraus und lassen mich
meinen eigenen
Galgen bauen

Geheilt als XL-Kretin
entlassen sie mich
Seit dem mache ich
einen großen Bogen
um Kaufhäuser
Nur leider versteht
mein Rest-Verstand
nicht mehr die
Wegbeschreibung
zum Schwarzmarkt

1987

BIG BUSINESS

Micha und Olaf
prügelten sich.

Was war geiler?
E-Dur oder F-Dur

Ich klaubte mir die letzte Zigarette
aus der Packung
und spielte
an meinen Eiern.
Der Saft tanzte Pogo.
Ich gab den Rhythmus an.
Sperma 100.512
sprang
Sperma 1.613.784
in die Fresse.

Micha:
Ihr seid die abgewixtesten Musiker,
die ich kenne.

Olaf:
Hau doch ab!

Micha:
Drei Griffe kannst du doch nur.
Was willst du eigentlich?

Olaf:
Dann mach doch Glibbermusik.
Schmink dein Pickelface,
beweg deinen fetten Arsch
im seichten Tempo von ...
was weiß ich ...
von den Modern Sackrattenfickern
und mach dicke Kohle.

Micha warf eine Flasche auf Olaf.
Der duckte sich.
Die Flasche zerdepperte an der Wand.

Ich kraulte weiter am Arschloch rum.

Olaf streckte Micha den Mittelfinger entgegen.

Micha riß ihn vom Stuhl runter
und schlug auf ihn ein.

Ich hatte die Schnauze voll.
Und ging.

Tussie:
Hey du!

Ich:
Yeah?

Tussie:
Du bist doch einer von den
Schmutzigen Helden.

Ich:
Mhm!

Tussie:
Ihr macht irre Musik!

Ich:
Mhm!

Tussie:
Faß mir mal unter den
Pullover.

Ich tat ihr den Gefallen.

1986

EIN TAG GEHT, EIN TAG KOMMT

Ich nahm zwei Büchsen Bier mit.
Schwang mich wie gewohnt auf mein Fahrrad.
Kam wie gewohnt zu spät.

Guten Morgen!

Setzte mich an meinen
Arbeitsplatz.
Und trank Kaffee.
Der gewohnte
Angestelltenkaffeeklatschmorgen.

Frachtbrief
Rechnung
Lieferschein

Das war schon genug!

Ich schloß mich auf der Toilette ein
und soff ein Bier.

Ich hörte unentwegt das Telefon klingeln.
Aber das kratzte mich nicht weiter.

Und wieder

Frachtbrief
Rechnung
Lieferschein

Ne Tussie trug einen
weit ausgeschnittenen
Pullover.

Sie bückte sich.

Die Brüste schrieen nach   Freiheit
Mein Schwanz schrie nach   Geilheit

Ich überlegte,
wo ich es machen sollte.

Auf `nem Schreibtisch
Auf der Toilette
Oder zwischen Ordnern

Daraus wurde nix.

Schreibmaschine.

Kurz gequatscht.

Das wars wieder.
Feierabend.

Der Pförtner fragte mich,
ob ich schon eine neue Stelle hätte.

Nein

Zum letzten Mal
fuhr ich
die gewohnte Strecke.

1986

(WIE ALLES ANFING)*

Sie stand vor mir
in einem Negligé
in einer
aufreizenden Pose
Ich massierte
meine Eier
und machte mir
feuchte Gedanken
Trank gedankenverloren
an meinem Bier
Und ließ es mir
gut gehen
>Liebst du mich?<
>Weiß nich´<
>Du weißt es nicht?<
>Kann schon sein<
>Du mußt dich schon entscheiden<
>Vielleicht morgen<
>Vielleicht morgen?<
>Vielleicht lieb ich dich morgen. Komm ins Bett<
>Und was is´ heute?<
>Ein ziemlich beschissener Tag<
Sie stieg zu mir ins Bett
trank den Rest Bier
und nahm meinen Schwanz
in den Mund

1985

*Der Titel steht in Klammern, weil der Text ursprünglich keinen hatte.

Bitte beachten Sie auch die folgenden Seiten

ROLAND ADELMANN
BLUES IM MORGENMANTEL

Weitere Einzelpublikationen seit 1994:
„Der Ruhm der Straße“, Kurzgeschichten, Unser Forum Verlag 1998; „Einer muß den Dreck wegmachen“, Gedichte, Edition Roadhouse 2002; „Die Leichen werden wohl warten müssen“, Gedichte (Splitprojekt m. Hermann Borgerding), RUP 2007. Darüber hinaus Mitarbeit an zahlreichen Anthologien und Zeitschriften.
Betreiber des Vertriebs „Rodneys-Underground-Press“ (www.undergroundpress.de).
Mitglied der Monsters Of Poetry.
2010 „Rodneys Slam“, Smashpoeme und Cutprosa, Edition Paperone
2014 "Bier im Frühstück, Tschernobyl im Arsch", Roman, Rodneys Underground Press
2021 „Die Zukunft stirbt zuerst“, Roman, Edition Outbird
2022 „Burger-Arrest“ , Cut-Poems, Rodneys Underground Press
2023 "Das war früher eine ganz normale Gegend", Edition Maya